JN161110

カエルム
魔法の鍵と炎の冒険
たなか しん
求龍堂

たいせつなきみへ

カエルム　魔法の鍵と光の冒険

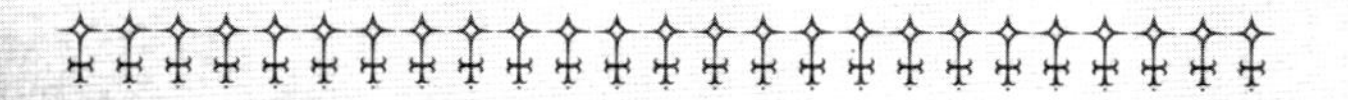

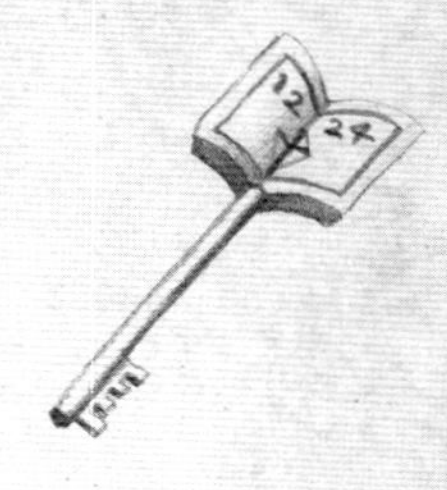

もくじ

12
24
SAT

プロローグ

星くず坊やがお空に星を降らせます。

「坊やの星は、キラキラとってもきれいね」

三日月ママがいいました。

「そうだよ。この星には夢がいっぱいつまってるんだ。祈りといっしょにね」

坊やはママのほうをふり向きもせず、こたえました。

とっても真剣(しんけん)に、慎重(しんちょう)に星をつくる姿(すがた)に、ママはやさしい気持ちになりました。

月の坊やが降らせた星は、地上へとおりていきます。星は地上へおりるとちゅうで、雪へと姿を変えました。まるで宝石のようにかがやく真っ白い雪は、こうやってできるのです。

星の雪は、自然の雪にまじって地面におり立つと、地球をふわっとノックします。するとふしぎな世界への扉(とびら)がゆっくりとひらくのです。

12
24
SAI

カエルムとおばあちゃん

冬のなかでも特別なその日、ひとりの少年が家路を急いでいました。

「はあ、きょうはなんて寒い日なんだろう。はやく帰らなくちゃ……おばあちゃん、寒がってないかな。はあ、はあ、薪はぜんぜん落ちてないな……」

少年の手足はいまにもこおってしまいそうです。

「はあ、ぼくの服、一枚くらいなら燃やしてもいいよね。はあ、はあ、うん、このくつ下ならいいよね。おかあさんの残した……最後のくつ下だけど……少しぶあついし、よく燃えるよね……」

それは自分のはいているくつ下のことでした。もうボロボロにすり減っていて、あたたかいと感じられるのは、おかあさんの形見だからなのかもしれません。

「はあ、はあ、薪がなかったから……しかたないよね。おばあちゃん、ごめんね……」

少年はおばあちゃんとふたり暮らし。両親は少年が生まれてまもなく、戦争で亡くなっていました。六十年つづいた戦争は、少年の国が負けて終わりました。「もうすぐ戦争が終わるからね、幸せになるんだよ」、それがおかあさんの最後の言葉でした。

少年にカエルムという名まえをつけたのは、おばあちゃんでした。

「カエルムはラテン語で、幸せという意味なんだよ。だからおまえは幸せになれるんだ。そうならなくっちゃいけない。それにおまえには、両親の分も幸せになる権利があるんだよ」

おばあちゃんはカエルムに、毎日のようにいってきかせました。でもほんとうは、カエルムは天国という意味でした。おばあちゃんはまちがえて覚えてしまっていたのです。

カエルムはいいました。

「おばあちゃんはすごいや！　ラテン語なんて知ってるんだもん！　でも幸せ

はそんなにいらないよ。ぼくにそんな権利があるんなら、半分おばあちゃんにあげるよ！」

おばあちゃんはその言葉をきくたびに、カエルムをぎゅっと抱きしめて、「どうかこの子に私の分も幸せを……」と、神様に祈るのでした。

おばあちゃんとふたりきりの生活が十年をむかえたある日、おばあちゃんはとつぜん倒れました。ずっとひとりでがんばりすぎたのかもしれません。それとも神様がおばあちゃんの分の幸せをうばって、カエルムにあたえてしまったのでしょうか。そんなことはけっしてありません。なぜならおばあちゃんがいなくなって、カエルムが幸せなはずがないからです。幸せはひとりではけっして感じることができませんでした。

カエルムはおばあちゃんの看病をしながら、掃除や料理、洗濯だってしてします。おばあちゃんのお手伝いをふだんからしていたので、なんだってできました。

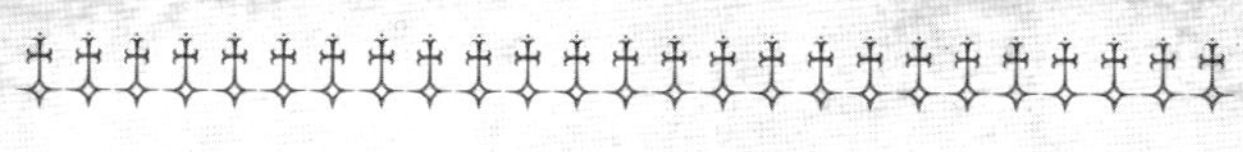

でも家の食料はどんどんなくなっていき、お金の蓄(たくわ)えもどんどん減っていきました。

おばあちゃんは、「家のものを売ってお金にしなさい。こまったらだれかに助けてもらうんだよ」といいますが、売れそうなものはほとんど売ってしまいましたし、助けてくれそうな人はだれもいません。みんな自分の生活でせいいっぱいだったのです。

そして、冬が来てしまいました。

たった数日で家の薪はすべてなくなり、燃やせそうなものは、おばあちゃんの服とふとん以外、ぜんぶ燃やしてしまいました。

「おばあちゃん、ちょっと寒いけど、がまんして待っててね。薪をさがしてくるから！」

そういって飛びだしてきたものの、けっきょく見つけることができません。

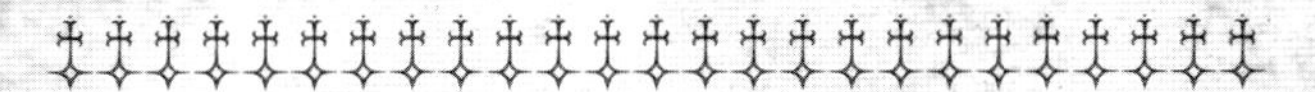

しかも、ずっと遠くまでさがしに来てしまい、おまけに雪まで降ってきて、もうひざがうまるくらい積もってしまいました。

「はあ、はあ、おばあちゃん……ここ、どこだろ……寒いよ……。おばあちゃんも寒いよね……。待っててね、待ってて……はあ、はあ……」

カエルムはもう意識がなくなってしまいそうでした。真っ白な世界はどこまでもつづいているように見えて、まるで天国のようでした。このまま死んだら、おとうさんやおかあさんに会えるのかな……でもおばあちゃんが待ってる……ああ、でも、もう……。

そう思ったとき、目のまえにひときわ大きな雪の結晶がおりてきました。まるで星のようにかがやくその雪が地面におちた瞬間、本のような扉があらわれ、耳鳴りのような音をさせながらひらきました。扉からは、あたたかそうな光がもれています。

カエルムは、なにも考えずにそのふしぎな扉に飛びこみました。

12
24
SAI

ようこそ城壁の街へ

「さあさあ、きょうはフェスティバルだよ！　だれでもどなたでもみんな王様、女王様！　そこのあなたは王子様！　となりのきみは王女様！」

扉のさきには高いかべに囲まれたふしぎな街がありました。遠くにお城のようなものが見えます。外とはちがって寒さは少しも感じません。

「さあさあ、どうぞお入んなさい！　やや、そこのきみ！　なんだいその姿は！　まるでぼろっきれじゃないか！　そうか、きみは奴隷希望だね！　ここでは人気の役だからね！　さあ！　入った、入った！」

かべの入口においてある、小さな木の台にのぼってみんなを誘導するのは、まるで人に見えません。顔は真っ黒で耳はどこにあるのかわかりませんし、口だってずいぶんとがっていました。まるでカラスのようです。

カエルムは、おそるおそるたずねました。

「あの、ここは、いったい……もしかして……天国？　それに、あなたは？」

「おいおい、ばかいっちゃいけない！　天国なんてとんでもない！　ここは天国よりも最高さ！　ありゃ、あんたここの住人じゃないな？　地上の人間か？　まあいいや！　きょうはフェスティバル！　サプライズゲストも歓迎さ！　おれはヨビガラス！　声の大きさにかけては、おれに勝るものなんていやしない！　だれかを呼びたいときはおれを呼びな！　よろしくな！」

ヨビガラスの声はとても大きくて、耳が痛くなりました。カエルムは痛いのをがまんして質問をつづけました。

「カラス……？」

「おうともよ！　カラスのなかのカラス！　ヨビガラスさ！」

「カラスがなんでしゃべってるの？」

「カラスがしゃべったらおかしいか？　いつもしゃべってるじゃないか！　カーカー！　カーカー！　てな！　聞いてないだけじゃないのか?!　おまえら地上の人間ってやつは、人間の言葉を話すものだけがしゃべってると思ってやがる！　聞く努力もせずにな！　やっぱりおまえを入れてやるのはやめだ！

帰れ!!」

ヨビガラスは、急にこわい顔になり、すぐにでも飛びかかってきそうです。

「やめないか、ヨビガラス」

とつぜん、かべの上から声がしました。声のしたほうを見ると、マントをはおったネコが一匹、かべの上でほおにひじをついて寝そべっていました。

「いらっしゃい、カエルムさん。ぼくはバンネコ。この世界の門番です。ここは城壁の街。きみを招待したのは、ぼくです。ちょっと頼みたいことがあってね」

カエルムはネコがしゃべっているのもはじめて見ました。おばあちゃんはネコが話せるなんて教えてくれませんでした。もしかしたら、ヨビガラスがいうように聞いてなかっただけかもしれません。

「あの、ここは? ぼくは奴隷にされるの? なぜきみも……話せるの?」

すっかりおびえてしまったカエルムの声は、小さくふるえていました。

「ハッハッハ。奴隷になんてしませんよ。ここではだれもが、そう、動物も人間も平等で自由です。平等で自由といっても、地上のような見せかけのものではありません。話そうと思えば話せるし、二足で歩くのも、馬車につながれるのも、自由です。王様でも奴隷でも平等です」

カエルムには王様と奴隷が平等とはとても思えません。バンネコはつづけます。

「たとえば自由に王様になったり、自由に奴隷になったりできるのです。まあ、自由な奴隷はまるで王様のようでもありますし、平等な王様はまるで民衆の奴隷のようですがね。だからきみが奴隷になりたければ自由に奴隷を名のってもいいですし、王様になりたければお城に行けばいいのです。ぼくはぜひ、お城に行ってもらいたいのだけれど、それもきみの自由です」

カエルムはバンネコのいっていることがよくわかりません。

「あの、ぼくは奴隷にも王様にもなれなくていいの……おばあちゃんのところに帰りたいだけなんだ。できれば、薪を持って……」

カエルムはおばあちゃんのことを考えると、悲しくなってきました。

「それは無理です。あ、まだ無理です。自由なのはこのかべの中だけで、外への行き来は自由じゃないんです。まあ自由なんてあるていどの制約のなかにあるものです。でも用事がすめば、すぐに帰れますよ。だからまずは、できればお城へ……」

「お城に行けば、帰してもらえるの？　なにをすればいいの？」

「そう、もちろんどうするかは自由ですが、お城へ行って……ああ、なんだか眠くなってきた……」

バンネコはそういって寝てしまいました。

バンネコは門番のくせに、すぐにどこかに行ってしまうし、すぐにあくびをして寝てしまうのです。ウトウト気持ちよさそうにしている姿は、街のみんなを幸せにしました。

「門番なのに、なんて自由なんだ！」

まるでお手本のようなバンネコを、みんなは尊敬のまなざしで見ました。

「ちょっと、まだ眠らないで！　ききたいことがあるんだ！」

カエルムは大きな声で呼びかけました。

12
24
SAI

地底からの目覚め

バンネコは呼びかけてもまったく起きてくれません。ヨビガラスもいつの間にかいなくなっていました。カエルムはしかたなく、バンネコにいわれたとおり、お城に向かって歩きだしました。

街はカエルムのいた村とはくらべものにならないくらい大きくて、栄えているように見えました。門の入口には大きな横断幕がかかっていて、なにか外国語が書いてあります。しかしなんと書かれているかわかりません。カエルムは学校に行っていなかったし、おばあちゃんも外国語は教えてくれませんでした。

城壁の街は、どこかなつかしい感じがしました。自分の生まれ育った国とはまったくちがうのに、そう感じるのです。まるでにおいをかいだときに浮かびあがってくるような、なつかしさです。冬の寒い朝に飲むあたたかい飲みもののように、ほっとするのです。息を大きく吸うたびに体がよろこんでいるようでした。息をはくたびに疲れがぬけていくようでした。

おとぎ話に出てくるような街を、深呼吸しながら歩いていると、いきなり大地がゆらゆらと動きだしました。

「わっ!! なんだ! なんだ!」

カエルムは立っていることができません。大地はゴゴゴと音を立てながら裂け、街の中心ごと宙へと持ちあがりました。

「なんなの? いったい、どうなったの……?」

目のまえにできた土のかべに、おそるおそる手をのばしました。土はふんわりやわらかで、まるで毛皮のようです。とっても気持ちがいいのでワシワシさわっていると体がふるえるような、こもった声が聞こえました。

「うふぉ、こそばゆい……」

そういって、なんと土から目が出てきました。土のかべだと思ったのは、ほんとうになにかの毛だったのです。

「ご、ごめんなさい!!」

カエルムはびっくりして、うしろに飛びのきました。

「ぼく……ネルクマ……」

とっても眠そうにネルクマはいいました。ネルクマは一年じゅう土の中で寝てすごします。ずっと寝ているものですから、どんどん大きく育ってしまい、いまでは街の下がほとんどネルクマなのです。

「むにゃむにゃ……いらっしゃい……」

「あの……こ、こんにちは！　ぼくカエルム！　食べてもおいしくないよ！」

ひと飲みにされてしまいそうな大きなネルクマに、せいいっぱい大きな声でいいました。もっともカエルムでは腹のたしになりそうにもありません。

ネルクマは、とっても眠そうにこたえました。

「ぼく……食べない……土……栄養（えいよう）……いっぱい……」

カエルムはそれを聞いて息を大きくはきました。緊張（きんちょう）や恐怖（きょうふ）といっしょに体の中身（なかみ）まで出てしまいそうなくらい、人生でいちばん大きな息でした。

「そう、それはよかった。きみ、とっても大きいから食いしん坊なのかと思っちゃった。よろしくね、ネルクマ」

そういって毛をなでました。ネルクマは気持ちよさそうに目をうっとりさせました。

「こそばゆい……でも……いい気持ち……」

大きくてやさしそうなネルクマを、カエルムは大好きになりました。ふかふかの毛をさわっているると、自分も毛にうもれて眠ってしまいたくなりました。このまま眠ってしまおうかと目をとじると、まぶたにおばあちゃんの姿がうつりました。眠っている場合ではありません。はっと目をあけると、ネルクマにいいました。

「ネルクマ、ぼく急にここへ来てしまって、とってもこまっているの。ここはどこなの？」

「ここ……どこ？　どこでもない。ここは……ここ」

ネルクマはとっても眠そうです。

「ああ、まだ眠らないでね！　どういう意味？　ここはここ？　ぼくはどうしたらいい？」

「どこでも……同じ。できること……さがして……する」

ネルクマはいまにも眠ってしまいそうです。

「さがすって、どうやって！　ぼく、お城に行けばいいの？」

「お城……行って……らっしゃい……」

そういうとネルクマは、まぶたをとじて、地中へと帰っていきました。

「待って！　待ってよ！」

12
24
SAT

キッチンのかげで

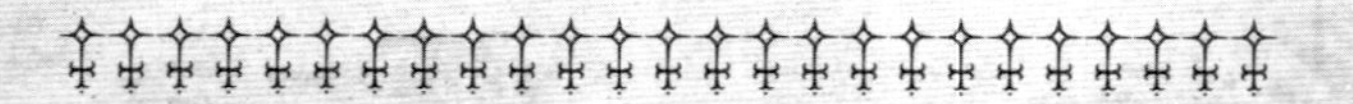

ネルクマが眠ってしまうと、なにごともなかったかのように元の街へと戻りました。街の人たちは慣れているのか、まったく気にしていません。

「できることをさがしてする……か。ぼく、なにができるんだろ……」

考えていたら、おなかがすいてきました。というより、ずっとおなかがすいていたのに、ここへ来てから忘れていたのです。ネルクマは土から直接栄養をとることができますが、人間はそういうわけにはいきません。

「いまできることは、なにか食べることかな？」

そんなことを考えたら、少し楽しくなりました。どこかに食べものはないかとさがしていると、「ごじゆうに」と書いてある看板を見つけました。これくらいならカエルムだって読めました。その横には小さな扉がありました。

なにが自由なのかはわかりませんが、とってもおいしそうなにおいがあたりに漂っています。お金は持っていないけれど、ごじゆうに、と書いてあるのだし、思い切って中に入ってみることにしました。入口の扉はとても小さくて、カエルムがしゃがんでちょうど通れるくらいでした。中はキッチンへと通じていました。キッチンは入口とちがい、広々としていました。真ん中に置かれたテーブルの上には、チキンやケーキ、チョコレート、紅茶、コーヒー、おいしそうなものがたくさんありました。

そして「どうぞごじゆうに」と書いてある紙きれが置いてありました。

もうがまんできず、さっそく食べようと手をのばすと、キッチンのすみからごそごそと、小さなネズミとウサギが出てきました。テーブルの足をつたって上にあがり、カップのそばまで来ると、ウサギは紅茶にちゃぷんとつかりました。

「チャネズミくん、砂糖はいりませんよ」

ウサギはチャネズミにいいました。

チャネズミは「わたしもさ、ミルクウサギさん」といって、コーヒーにちゃぷんとつかりました。

ごじゆう軒

あっけにとられてそのようすを眺めていると、ミルクウサギたちはいいました。

「きみもつかれればいいよ。もちろん飲んでもいい。どうぞご自由に」

ご自由にといわれても、カエルムではつかれそうにありませんし、飲むといっても二匹がつかっているカップしか、テーブルには見あたりません。

「ぼくはチキンをいただこうかな……」

ひとりごとのようにつぶやくと、カエルムはチキンに手をのばしました。チキンはできたてのようにあつあつで、少し濃い味でしたが、いままで食べたもののなかで、いちばんおいしくて、頭が真っ白になるくらい夢中になって骨までむしゃぶりつきました。

「まあ、あわてちゃって、お行儀の悪いこと」

チャネズミがピンとひげを立てて、しかめっ面でいいました。

「まあまあ、どうぞご自由に」

ミルクウサギが余裕たっぷり、蝶ネクタイをつまみながらいいました。

気のすむまでチキンを食べると、カエルムはいいました。

「ふう……っていうか、きみたちは、だれなの??」

「チキンをきれいに平らげてからきくことかね。まったく行儀がなってない。わたしを見ならってもらいたいもんだね。どうだね、ミルクウサギさん」

チャネズミがあきれ顔でいいました。

「まあ、それも自由ですよ、チャネズミくん。質問は……ああ、だれかってことだね。わたしの名まえはミルクウサギ。かれはチャネズミ、コーヒーのようにビターなやつさ」

ミルクウサギのつかっている紅茶は、いつの間にかミルクティーになっていました。

「ミルクウサギさん、そんなにほめないでおくれ。きみはほんとにまろやかなやつだよ、まったく。きみにかかればわたしだってカフェオレのように甘く

Merry Christmas
どうぞごじゆうに

なってしまうよ。まあ、それでもコーヒーのすばらしさはまったく損(そこ)なわれないけどね」

「ははは、まったくだ、チャネズミくん」

二匹は楽しげに笑いました。そのようすを見ていると、なんだかとってものどがかわいてきました。チキンの味が濃かったせいかもしれません。なにか飲みものをさがしましたが、目のまえには二匹の入っているカップしかありません。ミルクウサギのつかっている紅茶はとってもおいしそうです。

カエルムはいいました。

「ぼく、とってものどがかわいているんだけど、あの……ちょっと飲んでもいいかな」

「どうぞ、どうぞ。選んでもらえるなんて光栄だよ。さあ、どうぞご自由に」

ミルクウサギはうれしそうにいいました。しかし、いっこうに紅茶から出る気配(けはい)はありません。

「えっと、少しどいてもらえるかな？」

「そういわずに、ぐいっといきたまえ。遠慮はいらないよ」

ミルクウサギは、あごを少しあげていいました。

「ミルクウサギさん、かれはまだ自己紹介もしていない。そんなやつに少し甘すぎないかい？　まずはわたしのコーヒーで身を引きしめてもらってだね……」

チャネズミはカップから身を乗りだしていいました。

「まあ、それも自由ですよ。さあ、どうします？」

カエルムは、チャネズミ入りのコーヒーより、まだミルクウサギ入りの紅茶のほうがましのような気がしましたし、のどのかわきはとっくに限界をむかえていました。

意を決してミルクウサギごとカップを持ちあげると、いっきに飲みほしました。しかしいっきに飲みすぎて、なんと、ずるずるっとミルクウサギごと飲んでしまったのです。

「ああ！　しまった！　どうしよう!!」

カエルムは指をのどにつっこんではき出そうとしましたが、出てくる気配はありません。

「おいおい……やってくれたな！　おまえ！　こっちへ来やがれ!!」

チャネズミはコーヒーから飛びだすと、カエルムの耳をつかんで引っぱりました。それはそれはものすごい力です。あまりの痛さにさからうこともできず、チャネズミの引っぱるほうへと引きずられていきました。目のまえには大きな鍋がありました。チャネズミは、自分の何十倍もあるカエルムの体を持ちあげると、ひょいっと鍋の中へ放りなげました。鍋には水がいっぱい入っていました。

「ごめんなさい！　ごめんなさい！　なんとかしてはき出すから!!」

カエルムは必死であやまりました。

「黙ってろ!!　出るんじゃねえぞ！」

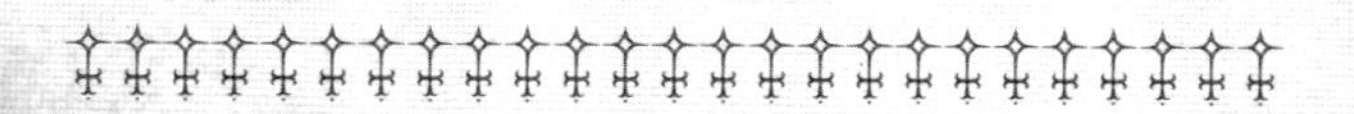

チャネズミはおそろしい形相で鍋を火にかけました。

「やめてー！　やめてよー!!　ぼく、食べてもおいしくないよー!!」

カエルムはこわくて泣きだしてしまいました。

「うるさいやつだ、まったく。行儀が悪いったらありゃしない！」

水はどんどん熱くなります。

「ほんとにやめてよー！　えーん、えーん！　帰りたい、帰りたいよー！　おばあちゃーん!!」

どんどん熱くなった水は、ちょっと熱めのおふろくらいの温度になりました。すると、チャネズミは火をとめました。

「まったく……ほんとに」

そういいながら、またコーヒーにつかりにいきました。

「えーん、えー……ん、あれ……？」

お湯はとっても気持ちよくて、体からも湯気が出てきました。体から出た白い湯気は、ゆらゆらと空中で集まって、なにかの形になりました。

「チャネズミくん、これで9999999勝9999998敗。あと1勝でわたしの勝ちあがりですよ」

湯気は、あっという間にミルクウサギの形になっていました。

「くそ！ くそ！ 大人だったら負けはしないのに！ こんなお行儀の悪い子どもだったからだ！」

チャネズミはコーヒーをバシャバシャさせて、くやしがりました。

「ほんと、やってくれたな、くそぼうず！」

カエルムはなんのことかわかりませんが、お湯であたたまってとてもいい気持ちです。湯気といっしょに体から悪いものがぜんぶ出たみたいでした。

ミルクウサギはいいました。

「ありがとうございました。これでリーチです。お礼になにかひとつ、わたしにできることで願いを叶えてあげましょう」

カエルムは、湯気になってしまいそうな、ほわっとした気持ちから、ぱちっと目を覚ましていいました。

「ぼく、帰りたいんだ！　ここじゃない世界の、おばあちゃんのところへ！　お願い！　帰して！」

「うーん、それはむずかしいですね。わたしの力じゃどうしようも……そうだ、それを叶えてくれそうな方のいる場所を教えましょう。それでいかがですか？」

カエルムは、がっくりと肩を落としました。でも、すぐに気をとりなおしていいました。

「うん！　それでいいよ！　教えて！」

「よろしい。では、ここを出たらまっすぐ進みなさい。すると公園があります。その公園を抜けるとお城に入るための扉があります。扉には鍵がかかっていますが、だいじょうぶ。こういいなさい。『メリークリスマス』と」

「メリークリスマス……？」

カエルムははじめて聞く言葉でした。カエルムの家では一度もクリスマスをお祝いしたことがなかったのです。

そう、きょうはクリスマスイブでした。

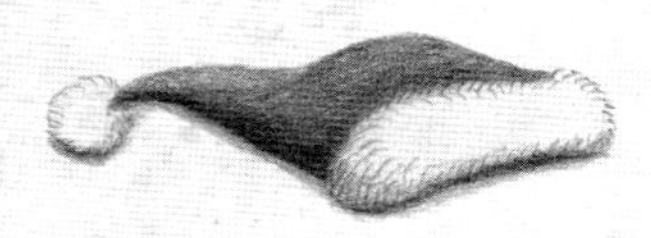

12
24
SAT

恋する公園

「おい！　いつまで話してるんだ！　つぎのお客さんが来れないだろ！」

チャネズミはそういって、キッチンからカエルムをけり出してしまいました。お行儀なんていっていたのに、態度が大ちがいです。

「いてて……まだききたいことがあったのに……」

小さな扉はもう、かたくとざされてしまっていて、ひらきそうもありませんでした。でもおなかもいっぱいになって、体の疲れもすっかりとれて、お肌（はだ）はむきたてのゆでたまごみたいにピカピカのツルツルになっていました。

気をとりなおして、ミルクウサギにいわれたとおりにまっすぐ街を進んでいくと、たしかに公園がありました。公園にはたくさんのプレゼントが遊具（ゆうぐ）のように置いてあり、そのそばで恋人たちが愛を語りあっていました。

チリーン

だれかが言葉をささやくたびに、ベルの音がしました。

チリーン　チリーン

音のするほうをさがすと、やせたピエロが大きなプレゼントの上に座って左手にベルを持っていました。ピエロの表情はわかりませんが、とてもやさしい音色でした。

その音色に耳をかたむけていると、こんどは音楽が聞こえてきました。そして歌うようにカエルムに声をかけてきました。

「ベルピエロは〜、言葉に魔法をかけているのさ〜、美しい魔法を〜。心のこもった言葉は〜、それだけでじゅうぶん魔法のようだけど〜、ベルがいっそう魔法の力を引きだすのさ〜」

歌っているのはオオカミでした。いちばん高いところにあるプレゼントの上で、ギターのようなものを弾きながら、歌っていました。

「私はメロオオカミ〜、音楽の力で〜魔法をかけるのさ〜、みんなの恋が〜成就するよう〜想いが届くよう〜ラララ〜愛をこめて〜歌うのさ〜」

音楽家のオオカミ「メロオオカミ」は、美しいメロディー、勇気の出るメロディー、遠吠えをまじえた切ないメロディー、雰囲気に合わせてなんでも弾けました。

「メロオオカミさん、こんにちは。ぼく、カエルム。お城へ行かなくちゃならないんだけど……」

「ララ〜、カエルム〜、は〜じ〜め〜ま〜し〜て〜。きみは〜恋を〜しているか〜い？」

メロオオカミの歌声に、恋人たちはつられるように言葉をつむぎます。

カエルムはこたえます。

「恋？　恋ってどんなこと？　ぼく、よくわからないや」

「お～悲しい～！　それは切ない～！　恋を～知らないなんて～！　うぉうぉうぉうぉ～！」

　メロオオカミはよりいっそう、切なく歌いあげます。その声に恋人たちは胸をしめつけられ、涙を流すものまでいました。しかしそれが歌のせいだとは、だれひとり気づいていません。目のまえの恋人の言葉のせいだと思っているのです。

「恋は～！　いのち～！　愛は～！　パワー！　ラブ～イズ～パワ～!!」

　より力のこもった歌声に、恋人たちは勇気をもって愛を告白しました。プレゼントを放りだして抱きあうもの、キスをするもの、手をつないで公園を去るもの、それぞれが愛を表現していました。

「きみにも～、恋する日が～来るだろう～。きっと～来る～。その～とき～、せい～いっぱい～正直に～気持ち～伝えるんだ～、大切に～するんだ～、その気持ち～！」

ジャラララン
演奏が終わると、公園にはベルピエロ、メロオオカミ、それとカエルムだけになりました。
「さあ、カエルムくん。恋をしていないきみに、ぼくの歌はいらないね。お城へ行くんだね?」
「そうなんだ、お城に行かないと帰れないんだ。ぼくはおばあちゃんのところへ帰らなくちゃいけないいんだ」

チリーン

ベルピエロがベルを鳴らしました。ひときわ美しい音でした。
「あれ? ベルピエロ、きみはカエルムくんに恋をしたのかい? もしかして、ひとめぼれってやつかい？」

チリーン

メロオオカミの問いに、ベルピエロはベルでこたえました。

「そうかい、それはこまった。ぼくはベルピエロに手を貸すべきか？　それともカエルムくんに手を貸すべきか？」

チリーン　チリーン

ベルピエロは、こんどはベルを二回鳴らしました。

「手を貸してはならないと？　ならどうするんだい？　かれはまだ恋を知らないよ？　必要ともしていない」

チリーン　チリーン　チリーン

「そうだね、まだ知らないだけ。なら行けばいいさ。なあに、遠慮なんていらない〜、恋は〜だれにも〜止められない〜！」

メロオオカミはまた歌いだしました。ベルピエロは立ちあがると、カエルムのとなりに来ました。

「えっ！　どういうこと？」

「ララ〜！　きみに〜！　ついていくと〜いっているのさ〜!!」

12
24
SAI

サンタクロースのお手伝い

「ベルピエロさん、ついてこられてもこまるよ！　きみ……話せないしさ」
カエルムは歩きだすといいました。

チリーン

表情はあいかわらずわかりませんが、とってもいい音です。その音が聞けるだけで、なんとなく悪い気はしませんでした。
「……もう、勝手にしなよ。ぼくはお城に行くだけなんだから」

チリーン

少しうれしそうに聞こえました。

公園を抜けると、たしかにお城の扉がありました。大きくて立派な扉です。

カエルムはミルクウサギのいった言葉を思いだして、大きな声でいいました。

「メリークリスマス!!」

「チリーン」

ベルピエロもベルを鳴らしました。すると扉がゆっくりひらきました。

お城の中は、ドタバタとなんだかとってもあわただしいようすです。さわがしい声や足音があちこちから聞こえます。カエルムとベルピエロは、豪華なじゅうたんの上をまっすぐ奥へと進みました。よそ見をしたり、横道にそれたりしそうになるたび、ベルピエロがチリンとベルを鳴らしました。まるでそっちじゃないよと教えてくれているような音でした。

奥へ奥へと進むと、王の間がありました。王の間には、飾りつけられた大きな木がありました。もちろんカエルムは、それがクリスマスツリーだとは知りません。大きな木がたてものの中にあるなんて……と思うくらいでした。ツ

リーのまえには大きな玉座があって、キリンやゾウが、王様の着がえを手伝っていました。でもゾウの手足は大きくてじゃまになるだけですし、キリンの手足は長すぎて服に引っかかってしまいます。

「はやく！　はやく！　プレゼントもつめなくちゃ！」

バンネコもやってきて、トナカイといっしょに大きな袋にプレゼントをつめています。つめても、つめても、袋は大きくならず、何個でも飲みこみました。

「王様、いえ、サンタクロース、もうクリスマスですよ！　プレゼントをみんなに配らないと！」

トナカイは袋の口を大きくあけたまま、いいました。

「あなたはサンタクロースでしょう！　まだ着がえてないなんて！　もうあちらの世界とつながってるんですよ！　急がなくっちゃ！」

バンネコもプレゼントを抱えたまま、いいました。

「今年はもういいじゃろ……わしは元気がないんじゃ。ここでのんびり王様を

つづけるんじゃ……」

サンタクロースは悲しそうにいいました。

「ああ、カエルムさん！　ちょうどいいところに来た！　来てくれると信じていましたよ！　あなたにお願いがあるんです！」

バンネコはつづけます。

「カエルムさん、あなたにしかできないことなんです。きっとあなたならできます。やってもらえますか？」

「やってもらえるってなにを？　ぼく、なんのことだかわからないよ」

カエルムのうしろで、ベルピエロは小さくベルを鳴らしました。

それにこたえるように、バンネコはいいました。

「ベルピエロもいるのか！　それはちょうどいい！　カエルムさんが迷わないように、いっしょに行ってくれませんか！　もちろん自由ですが！」

ベルピエロはチリーンとこたえました。

バンネコはまっすぐな瞳(ひとみ)で、カエルムを見つめていいました。

「よし、カエルムさん、あなたはこれから天国へ行くのです。天国への扉の鍵は名まえです。あなたの名まえじゃないとあかないのです。カエルム、天国の名を持つ者よ！」

カエルムが声を出すのに、少し時間がかかりました。

「えっなんのこと⁇　ぼくの名まえは幸せって意味なんだよ……おばあちゃんが教えてくれたんだもん。なにいってるんだよ‼」

カエルムはとても不愉快(ふゆかい)でした。

バンネコはいいました。

「ちがうんです。カエルムとは、天国という意味なんです。きっとおばあさまはまちがわれたのでしょう」

「うるさい！　うそつきはおまえだ！　ただのネコのくせに！　なにも知らな

いくせに!!」

カエルムは、まるでおばあちゃんがばかにされたように感じました。

「うそつき！　うそつき！　おばあちゃんはえらいんだ！　すごいんだ！　料理だってなんだってできるし、掃除だって完ぺきさ!!」

いいながら、カエルムは悲しくてしかたがありません。涙がつぎからつぎへとあふれてきます。おばあちゃんのことを思いだして、緊張の糸が切れてしまったのかもしれません。

「おばあちゃんはなんだって知ってるんだ！　ぼくに野草のことを教えてくれて、おとぎ話だってたくさん聞かせてくれたんだ！　おかあさんのようにやさしくて、おとうさんのように強いんだ！　ぼくを大切に育ててくれて、名まえだって！……名まえだって……!!」

そのあとは声になりませんでした。

おばあちゃんに会いたくて、会いたくて、しかたがありません。おばあちゃんの元気な姿、苦しそうに寝ている姿がまぶたにうつり、声を出して泣きました。ごめんなさい、ごめんなさいと、いっぱい、いっぱい、泣きました。こんなところで寄り道して、そばにいられなくてごめんなさいと、心がいっぱいになりました。

チリン、チリーン、ベルピエロのベルがやさしく響（ひび）きましたが、カエルムの心には届きません。

ヒック、ヒックと、だんだんと泣きやむのを待って、バンネコがいいました。

「おばあさまの名まえにこめた想いは同じです。あなたに幸せになってもらいたくて、どうしても幸せになってもらいたくて、その名まえをつけたのです。そしてその名まえがあったから、私たちは出会うことができた」

カエルムは小さく、「うるさい……」といいました。

「カエルム、こんなにすばらしい名まえはありません。その名まえをつけたおばあさまはすばらしいのです。ばかにする気持ちなんて、これっぽっちもあり

ません。話を聞いてもらえませんか？」

バンネコの声はとても澄んでいて、心にしみました。

チリーン

雑音をかき消すようなベルピエロのベルの音も、こんどは心に響きました。

「……わかった。話を聞くよ。どうしたらいいの？」

カエルムは顔をあげていいました。目はまだうるんでいましたが、なにかを決意したかのようでした。

「ありがとう！　カエルムさん！　ではさっそく！　おい！　ヨビガラス！　ヨビガラスはいないか！」

バンネコは大声でヨビガラスを呼びました。すると天窓からもっと大きな声がしました。

「なんだよ！　大きな声を出すんじゃねえよ！」

ヨビガラスが窓のところに立って、こちらを見つめていました。

バンネコはいいました。

「ヨビガラス、天国の扉を呼びだしてほしいんだ。おまえに呼びだせないものなんてないだろ？」

「そりゃ、おれならひと声さ。呼ぶことにかけて、おれの右に出るものはいないからな！」

ヨビガラスは自慢げにいいました。

「でも……ただってわけにはいかないな。そうだ！　もうおれのことをその憎たらしい目でにらむんじゃねえ！　飛びかかってくるのもなしだ！　そのかくした爪もおれのまえで出すんじゃねえ！」

ヨビガラスは大きな声でいいましたが、後半は少し声がふるえていました。

バンネコは一瞬、ぎらっとヨビガラスをにらみましたが、すぐに目をとじました。

「……わかりました。それでいいでしょう！　ではすぐに天国への扉を!!」

ヨビガラスはいまにも踊りだしそうに叫びました。

「へへへ、やった！　やったぜ!!　まあ、おれに任せな！　天国の扉!!　来い!!」

カーーーーーーーーーッ!!と空を引きさくような甲高い声が響きました。すると空がふるえだして雲をわり、その奥にかがやく扉が見えました。

「よし、来たぞ！　さあカエルムさん！　あとは任せましたよ！」

バンネコはカエルムの右腕をとると、力いっぱい扉に向かって投げました。カエルムの左腕はしっかりベルピエロがにぎっていて、いっしょに高く舞いあがりました。

「カエルムさん、扉のまえで叫ぶのです！　自分の名まえを！　そして向こうへ行ったら、二人の子どもをさがしてほしいのです！　名まえはファメースとゲルー！　二人に伝えてください！　サンタクロースが……」

12
24
SAI

カエルムの祈り

高く舞いあがったカエルムとベルピエロは、扉のまえで叫びました。

「ぼくの名は、カエルム!!」

「チリーン!」

光りかがやく扉は音もなくひらきました。そしてカエルムとベルピエロは、天国に迎えられました。

二人は光の洪水のなかを泳ぐように進みました。ベルピエロは光に音を残すように、チリーン、チリーンとベルを鳴らしました。行進するようにリズムをきざむと、ベルの音色はきれいな軌跡をえがきました。

泳ぎつづけていると、光の川の両岸にお花畑があらわれました。流れもゆるやかになり、足もつくようになりました。二人は岸にあがると、お花畑にゴロンと横になりました。太陽もないのにお花畑はとってもあたたかくて、花のいいかおりがしました。

「はあ、すごいね。なんてきれいなところなんだろう。ほんとにすごいや」

「チリーン」

「でしょ。天国ってきれいなんだね」

「チリーン」

「ふふふ、なんだかきみのいってること、わかるような気がしてきたよ」

「チリーン」

「いまのチリーンはうれしいときでしょ？　ふふふ」

「チリーン」

「やっぱりね。ああ、いい気持ちだね。ずっとこうしていたいね」

「……チリーン」

「……わかってる。このままじゃだめだよね。ファメースとゲルー、さがさなきゃね！」

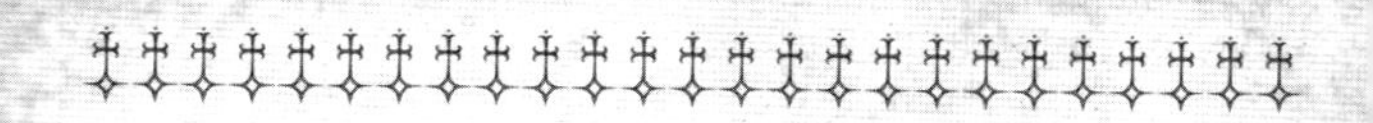

「チリーン!!」

二人は立ちあがると、まずはだれか人をさがすことにしました。

お花畑を歩くと、金色の花粉が舞いあがりました。金色の花粉は、熱をもった光のようにあたたかく、毛布に包まれているようでした。足音はまるでしません。シャラシャラ、シャラシャラという光が降る音と、チリーンというベルの音だけがしました。

カエルムは、もしかしたらほんとうに死んでしまったのかもしれないなと思いました。ベルピエロは神様の使いで、ぼくを迎えにきたのかもしれない。とちゅうのふしぎな街は、天国と地上の境目だったのかもしれない、そう思いました。ベルピエロにいってみようかと思いましたが、やっぱりやめました。きっとチリーンと否定されるだけです。いまは、やるべきことをさがしてやる、それだけでした。やることは決まっていました。

「おーい!!　だれかいませんかー!!　ファメース!!　ゲルー!!　だれか知りま

せんかー!!」
カエルムは、ヨビガラスのように大きな声で叫びました。その声に合わせて、ベルピエロはチリーン、チリーンとベルを鳴らしました。声とベルの音は、静かな世界にどこまでも響きわたりました。

チリーン、リーン、ーン……

…………

…………

音はどこかに吸いこまれて消えてしまい、あとにはうるさいほどの静寂(せいじゃく)がおとずれました。

「……まあ、これで見つかったら苦労しないよね。でもずっとつづけてたらきっと……」

「ねえ、呼んだ？」

とつぜんうしろから声がしました。

「わっ!!」

「チリン!!」

あまりにもとつぜん声をかけられたので、心臓が飛びだしそうになりました。うしろには、光かがやく翼をたくさん体に巻きつけた、幼い天使が飛んでいました。

「ごめん、ごめん。ぼく、ゲルー。さっき、呼んだよね？」

「ええ?! ゲルー!! すごい！ いきなり見つかったよ！」

「チリーン！」

カエルムに抱きつかれて、ベルピエロのベルはうれしそうに鳴りました。

「ゲルー！ 来てくれてありがとう！ ぼく、カエルム！ きみをさがしてい

たんだ！」

「よろしくね、カエルム。とってもいい名まえだね」

カエルムは名まえをほめられて、ゲルーのことがとっても好きになりました。

「チリン」

「わかってる、わかってるよ！　ファメースのことでしょ？　ねえ、ゲルー、ファメースっていう子、知らない？」

「うーん……ファメースか、知ってるよ。たぶん大食いのファメースのことだね」

「知ってるの?!　すごい！　いっきに問題解決だ!!　あのね、ゲルー。じつはきみとファメース、二人にいっしょに来てほしいところがあるんだ！」

「チリン！　チリン！」

それを聞いて、ゲルーは浮かない顔をしました。

「えっ、大食いのファメースと？　……やだなあ。食べてばっかりで、見てるだけで苦しくなるんだよ、天使なのに」

「そ、そんなこといわないで！　とりあえずさ、ファメースのところへ案内してくれない？」

「チリン、チリーン」

カエルムとベルピエロは手を合わせて、頭を低くして、なるべくていねいに頼みました。

「そりゃ、ぼくだって天使だから、頼まれたら断(こと)われないけどさ……あ〜あ」

ゲルーはとってもいやそうに、ぶつぶついいながら、二人のまわりをまわりだしました。

「ああ寒い……翼がないと寒いんだもん……」

体に巻きついていた、たくさんの翼を広げました。翼からは、キラキラかがやく星の粒(つぶ)が落ちてきました。

「さあ、行くよ」

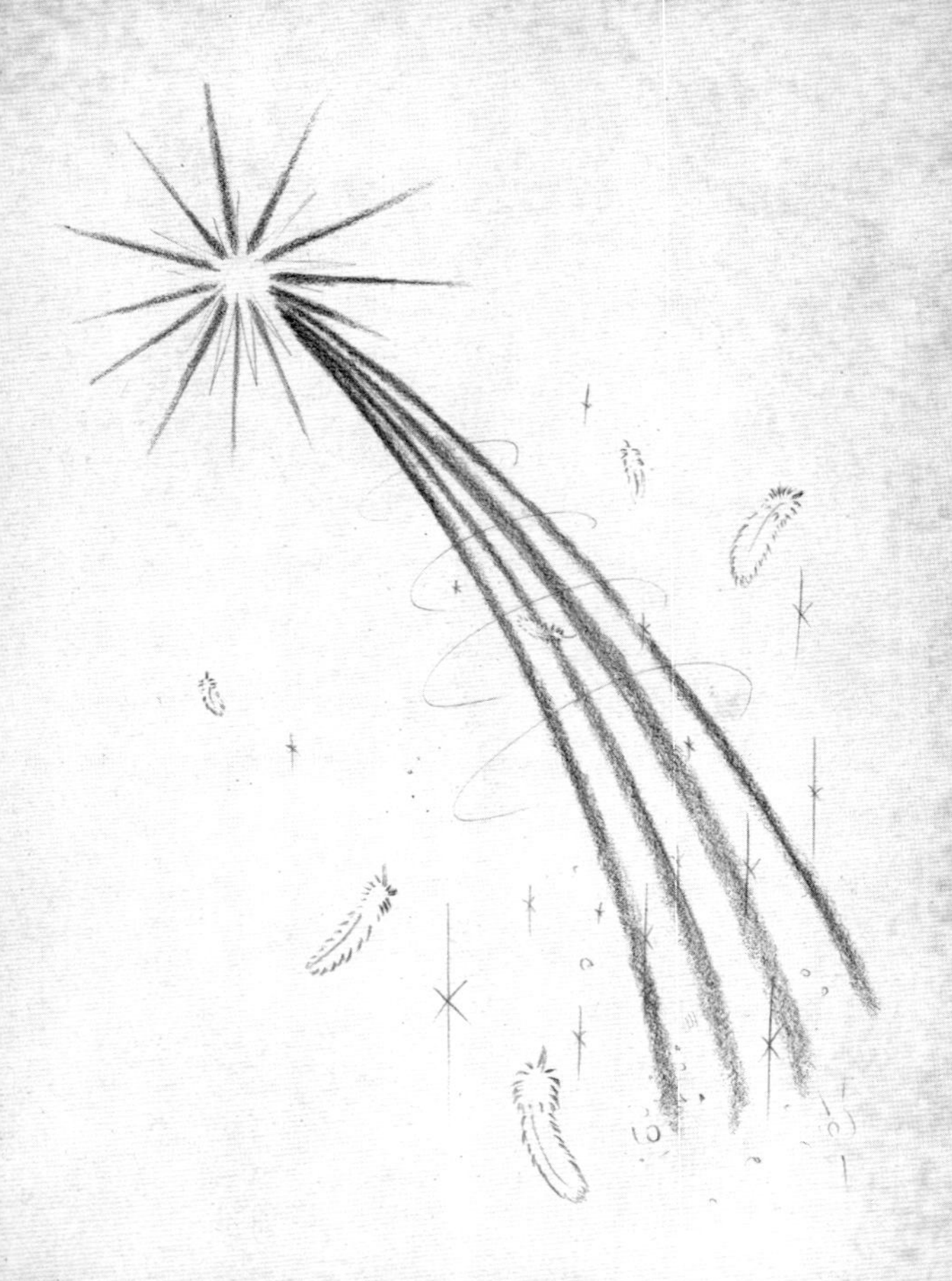

ゲルーがそういうと、星はぐるぐる三人を包みこみ、びゅんっ！といっきに流れ星になって飛びたちました。

気がついたときには、さっきとまるでちがう場所にいました。一瞬ですごく遠くに移動したのか、すごく近くにこの場所があったのか、わからないくらい一瞬のできごとでした。ゲルーは寒い寒いといいながら、また翼を体に巻きつけました。

ここはさっきとはちがい、食べもののいいにおいがしました。まるでミルクウサギとチャネズミのキッチンみたいです。その何倍もいいにおいの中心に、ぱくぱくと花を食べている天使がいました。

「ファメース、ファメースってば！　お客様を連れてきたよ」

ファメースはゲルーの声を無視（むし）して、食べつづけています。

「ね、食べてばっかりでしょ？」

ゲルーはあきれ顔でいいました。

「ねえ、ねえ。ちょっとだけ、食べるのをやめてくれないかな」

「もぐもぐ……まに？（なに？）」

ファメースは食べながらこたえました。

「ぼく、カエルム。きみとゲルーをさがしにきたんだ」

「ふぇー、ひいらまえらね（へー、いい名まえだね）」

カエルムは食べながらでも、名まえをほめられるとうれしいことを知りました。

「チリン」

「ああ、わかってるよ！　ごほん……もう、ちょっと！　食べるのをやめて！お願い！」

「ごくんっ！　ごほっ！　ごほっ！」

ファメースは、大きな声で話しかけられて、思わずむせてしまいました。

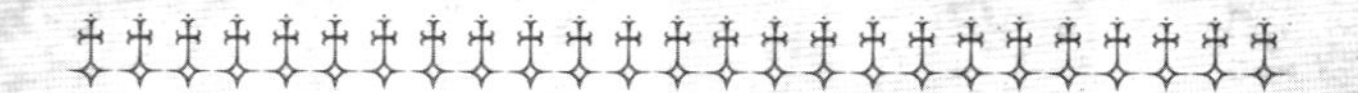

「もう、大きな声を出さないでよ！　さっきもわたしの名まえ、大きな声で叫んでたでしょ！」

「聞こえてたの?!　聞こえてたんなら、返事してよ！」

カエルムはまた大きな声でいいました。

「だ・か・ら、大きな声で、い・わ・な・い・で！」

ファメースは、カエルムと顔がくっつきそうなくらい近くでいいました。顔に花びらや花粉がいっぱいついていて気づかなかったのですが、近くで見ると、とてもかわいい子でした。ファメースは女の子だったのです。カエルムは急にドキドキしてきました。

「チリン!!」

少し怒ったようなベルの音でわれにかえりました。

「あ、あの、大きな声を出してごめん。じつは、ゲルーといっしょについてきてほしいんだ。別の世界へ……」

「いやよ！」

ファメースはすぐにこたえました。

「いや、その、そんなすぐに断わらなくても……」

さっきゲルーは、天使は頼まれたら断われないっていってなかったっけ……と思いましたが、口には出しませんでした。

「いや！　ぜったいいや！　いうとおりにしたら、あなたはなにかしてくれるの？　せっかくおいしい花を見つけて、とっても楽しんでたのに!!」

ファメースは、食べているのをじゃまされて、とってもきげんが悪いようでした。

「そんなこといわないでさ。ぼく、とってもこまってるんだ」

「あなたがこまっていても、わたしにはなにも関係ないわ！　だいたいなんの権利があって、わたしの食事のじゃまをするの？　お願いがあるなら、せめて食べおわるまでだまって待ってなさいよ！」

ファメースはプンプン怒りながら、また食べはじめました。カエルムは、女の子が食べているときは二度とじゃましないぞと、こっそり誓いました。

「ね、だから気が進まないっていったのに……」

ゲルーは自分の翼にすっぽりくるまって、完全防御の体勢でいいました。

「ふう、おいしかった」

ファメースは、自分の体の何倍もの花を食べて、ようやく食べるのをやめました。

「それで、なに？」

でもまだ怒っているようでした。

「あの……」

カエルムはベルピエロのうしろから、おそるおそる声をかけました。

「あの、もういいかな？」

「だからなに?っていってるでしょ!」

カエルムといっしょに、ゲルーもビクッとなりました。ファメースがなんでこんなに怒っているのかよくわかりませんが、なるべく笑顔でいいました。

「あの、さっきもいったんだけど、ゲルーといっしょに別の世界についてきてほしいんだ」

「なんで?」

「いや、理由はよく知らないんだけど……」

「理由も知らないの?! なんでそんなあやしい人についていかないといけないの? だいたいあなた、どうやってここへ来たの? 死んでないようだけど??」

「いや、それがぼくにもよくわからないんだ……」

「知らないし、よくわからない?? あなたそれでよく、いっしょに来てなんていえたわね! ちょっとゲルー!! あなた、なんでこんな子を連れてきたのよ!!」

ゲルーは急に自分にほこ先が向いて、さらに翼の中にとじこもりました。まるで翼でできたたまごのようです。

「ごめん、ちゃんと説明したいんだけど、ぼくも来たくて来たんじゃないんだ。ほんとははやく帰っておばあちゃんの看病をしないと……おばあちゃん、きっとおなかをすかせて待ってる……寒くてふるえているかもしれない……」

カエルムは、また悲しくなってきました。いまにも泣いてしまいそうです。

「えっ、だれかがおなかをすかせてるの？」

ファメースは急に心配そうな顔になりました。

「えっ、だれかが寒くてふるえてるの？」

ゲルーもとても心配そうに翼から顔を出しました。

「うん、ぼくのおばあちゃんが……。ぼく、はやく帰らなくちゃいけないんだ。それには、きみたちにいっしょに来てもらわないとだめみたいなんだ」

ファメースはしばらくじっとカエルムを見つめて、いいました。

「そうなの……よくわからないけど、うそじゃないみたいね。でもきょうは無

理なの。これから大事な用事があるの。ゲルーもよ。んっ？　あなた……忘れてたんじゃないでしょうね？」

ファメースは、たまご型ゲルーにつめよりました。

「いや、まさか、忘れるなんて……ははは、まさかね」

ぜったい忘れてたな、とカエルムとファメースは思いました。

「……なんの用事なの？」

カエルムはいいました。

「きょうはこれから神様のところへ行って、下界（げかい）のようすを見るのよ。だってきょうはクリスマスイブで、あしたはクリスマスなのよ？　みんなの楽しそうな顔を見ないと、幸せになれないじゃない」

「クリスマス？　クリスマスってなに？」

カエルムにはクリスマスがなにか、よくわかりません。

「クリスマスを知らない人が、なんで天国に来てるのよ!!　ばかじゃないの?!」

また怒るファメースに、こんどはいいかえしました。

「ぼくだって来たくて来たんじゃないよ！ よくわからないけど、バンネコに頼まれて……二人に会って、サンタクロースがどうしたとか……よく聞きとれなかったけど、とにかくいっしょに来てほしいの!!」

ファメースとゲルーは顔を見あわせました。そして声を合わせていいました。

「サンタクロース??」

「そう、たしか、サンタクロースが……」

「サンタクロースがどうしたっていうの？」

二人はさっきより真剣な顔をしています。

「だから、サンタクロースが会いたがってるんだよ、きみたちに！ ……たぶん」

「会えるの？ サンタクロースに？」

二人の目がキラキラかがやいています。

「うん、たぶん、バンネコといっしょにいたのがサンタクロースだと思う。帰り道はベルピエロが覚えてるはず。ゲルー、さっきの光の川まで戻ってくれる？」

「もちろん！　すぐにでも！」

ゲルーはものすごいはやさで翼をバッと広げると、星をいっきに流れ星へと変え、一瞬で光の川へと戻ってきました。

「さあ、はやく連れてって！」

ゲルーは翼で体を包むのも忘れ、興奮(こうふん)していました。ファメースは、顔についた花びらや花粉を羽できれいにしていました。さっきまでとはまるで態度(たいど)がちがいます。

カエルムはいいました。

「あの、帰る前にききたいんだけどさ……ここに、ぼくのおとうさんとおかあさん、いるかな？」

「名まえは？」

「名まえは……名まえは知らないんだ。おばあちゃんから教えてもらってなくて……。知ったら、夜寝る前に名まえを呼んでしまうだろう。寂（さび）しくてうらんでしまうかもしれないいって」

「そっか……名まえがわからないんじゃさがせないわ。おとうさんとおかあさんは、いい人だった？」

ファメースはやさしくききました。

「もちろんだよ!! 世界でいちばんいいおとうさんとおかあさんだよ！ だって……ぼくを生んでくれたんだから!!」

カエルムは声をふるわせていいました。

ファメースはこたえました。

「そしたら……もちろん、ここにいるよ」

「……幸せかな?」

ファメースとゲルーは、キラキラした笑顔でこたえました。

「もちろん、ここは天国だもん!!」

「そっか、よかった。ほんとによかった……」

下を向いて小さくふるえるカエルムを、みんなは静かに待ちました。シャラシャラ、シャラシャラ、光の音だけが聞こえました。

どれくらいの時が流れたでしょうか、カエルムは急に顔をあげて叫びました。

「おとうさん!! おかあさん!! ぼくを生んでくれてありがとう!! ぼくは、元気です!! とっても幸せです!! おばあちゃんはとってもやさしいです!! おとうさんとおかあさんも、お元気で!!」

天国じゅうに届くようなその声は、カエルムの祈りをのせて、いつまでもい

つまでも、光の中をかけめぐっているようでした。

12
24
SAT

サンタクロースの憂うつ

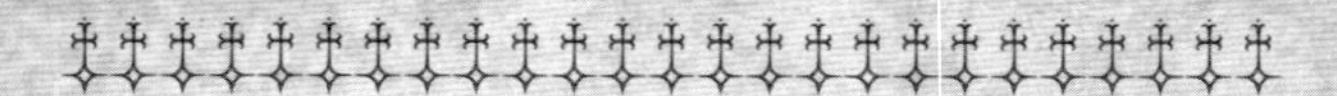

「サンタクロース、はやく着がえてください！　わたしたちもお手伝いしますから！」

動物たちは、サンタクロースのやる気を出させるために、かわいいピンクのサンタ服を用意したり、楽しい音楽を奏でたりしました。

サンタクロースはいいました。

「わしになにができるというんじゃ。みんなによろこんでもらうことなんて、ううっ……」

みんなはどう声をかけていいのかわかりません。

「はやく、カエルムさん、帰ってきて！　もう、イブが終わってしまう……」

バンネコは心配そうに空を見あげました。

そのとき、お城の天窓から二筋の光がさしてきました。二つの光はスーっと部屋に入ってくると、サンタクロースの横で止まりました。光は少しずつ集まると、天使になりました。

「サンタクロース、はじめまして」

「サンタクロース、ずっと会いたかったです」

二人の小さな天使は、ニコニコとうれしそうに声をかけました。

「おお、おお……きみたちは……おお……」

そこまでいうと、サンタクロースは二人の天使を抱きしめて、泣きくずれました。

サンタクロースは、城壁の街の住人です。クリスマスの日以外は、お城にある魔法の鏡（かがみ）から、世界じゅうのことを見て過ごすのが日課です。

なかよく遊ぶ子どもの姿を見てはほおをゆるめ、けんかをして泣く子どもを見てはいっしょに泣きました。そしてみんながなにを好きで、なにがほしいかを、いっしょうけんめい考えます。クリスマスの朝によろこんでいる子どもたちの姿を想像するだけで、プレゼントを配る日が楽しみでしかたありません。
いつものように世界を観察していたある日。

ひとりの女の子が泣いているのを見つけました。声も出さずに泣いているのです。声を出さないので、だれも気づきません。

「おなかがすいているんじゃろう。パンをあげたいが、クリスマスまであげられんのじゃ……」

サンタクロースはクリスマスのとき以外、地上に行くことができません。

女の子はだんだん弱っていきました。サンタクロースは、自分の食事のことも忘れて、ずっとその子のことを見守りました。その子のところに行って守ってあげられないことが、つらくてたまりませんでした。

そのとなりの街では、寒さにふるえている男の子がいました。住むところも暖炉もないのです。サンタクロースはせめて、毛布だけでも届けたかったのですが、やっぱり地上へ行くことができません。

「だれか、その子を家に連れてかえってやってくれんか。上着をかけるだけでもいい。上着がなければ、抱きしめてやるだけでいいんじゃ……」

しかしその声はだれにも届きません。クリスマスまであと少しだというのに、なにもしてやれません。どうすることもできないのです。


そのうち、おなかをすかせた子も、寒さにふるえる子も、天国へ旅だってしまいました。神様に迎えられるとき、二人はようやく笑うことができました。サンタクロースは、その笑顔が悲しくて、悲しくて、たまりません。くやしくて、くやしくて、たまりません。サンタクロースは二人のことを心にきざんでおこうと、おなかをすかせた子に「ファメース」、こごえていた子に「ゲルー」という名まえをつけました。

しかしよく世界を見わたせば、そんな子どもがたくさんいることに気づいたのです。サンタクロースは自分の無力さにがく然としました。

「ああ、わしはなんて無力なんじゃ。プレゼントのことに夢中になりすぎて、いままで気づかんとは……」

世界を見れば見るほど、無力感がサンタクロースの心を暗くさせていきます。やがて、サンタクロースは世界を見ることをやめてしまいました。見なければ解決する、知らなければ起こらないなんてことは、けっしてないのに……。ただ自分の心が壊れてしまうのがこわかったのです。そのことを自分でわかっているからこそ、より心を傷つけていきました。

それからはじめてのクリスマスがやってきたのです……。

サンタクロースのまえにあらわれた二人の天使は、まちがいなく、あのとき神様に迎えられたファメースとゲルーでした。

ゲルーはいいました。

「サンタクロース、あなたにずっとお礼がいいたかったんです。すてきな名まえをありがとうございました」

ファメースはいいました。

「サンタクロース、あなたがすてきな名まえをくれたおかげで、わたしたちは天使になることができました。忘れさられることがないように名まえをつけてくれたことで、消えてしまわずにすんだのです。ほんとうにありがとうございました」

「なぜ、なぜ、きみたちがここへ……」

「導(みちび)く者があらわれたのです。天国にですよ！　天使がいうのもへんですが、クリスマスの奇跡(きせき)ですね」

ゲルーは楽しそうにいいました。

「そうなんです。わたしなんて、クリスマスディナーの前にこっそりおなかを満たしていたら……あっ！　これはナイショ！　ふふ……天国からあなたのことを見るのを楽しみにしていた日に、まさかほんとうに会えるなんて！」

ファメースもとっても楽しそうでした。

「サンタクロース。みんなを笑顔にするあなたが、そんなしずんだ顔をしていてどうしますか？　元気を出してください」

「そうですよ、サンタクロース。あなたを待っている子どもたちが世界じゅうにたくさんいますよ」

二人は自分たちを抱きしめるサンタクロースの腕をほどいて、手をとりました。

サンタクロースはいいました。

「ゲルー、ファメース、おまえたちは幸せなのか？　わしはおまえたちを救えなかった。そんなわしに、いったいなにができるというんじゃ……」

天使たちはいいました。

「カエルムと同じことをきくんですね。わたしたちは幸せですよ。すてきな名まえをもらって、覚えてもらうことができたんですから。それに、これからもっと幸せになるんです。サンタクロース、あなたからたくさんのプレゼントをもらうんです。ふふ……さあ、プレゼントをくださいな」

サンタクロースは、ぶんぶん首をふってこたえました。

「そんな、わしにはおまえたちにあげるものなんて、なにもない。わしは、なんにも思いつかんのだ。いま、おまえたちがほしいものも、おまえたちを幸せにするものも……すまん……ほんとうに、すまん……」

サンタクロースは二人の顔をまともに見ることができません。

「いいえ、サンタクロース、わたしたちはいつももらっていましたよ。それはね、夢です。目をとじるだけで浮かんでくる、けっしてなくならない夢。楽しい夢を、あなたはいつもくれました」

「そうですよ、サンタクロース。楽しみにしていたんですよ、笑顔を。あなたからプレゼントを受けとったときの、子どもたちのくもりのない笑顔を見ることが、わたしたちの幸せです」

天使たちはキラキラの笑顔でつづけました。

「幸せな人をふやしてください。幸せな人がだれかにやさしくして、その人がやさしくなって……少しでも不幸な人がいなくなること。いまは、それがわたしたちへのなによりのプレゼントです」

サンタクロースはぽつりといいました。

「かつてのきみたちのようなかわいそうな子どもたちにも、いつかわしの想いが届くだろうか……?」

天使たちはいっそうかがやく笑顔でいいました。

「はい、そう信じましょう」

サンタクロースは二人をぎゅっと抱きしめ、恥ずかしいくらい泣きました。

「ふふ、痛いですよ」

「ふふ、子どもみたい」

天使たちの翼が、ふわふわとサンタクロースを包んでいました。

気がすむまで泣いたあと、サンタクロースは涙をふいていいました。

「よし、そうと決まれば急がなくては！　みんな手伝っておくれ！」

みんなは「はい！」と元気よくこたえました。

こたえたあとで、バンネコは大切なことを思いだしました。

「あれ？　カエルムさんは？　おーい!!　カエルムさん!!　どこですか！」

「……ここだよー」

空から声がしました。よく見てみると、天窓の窓枠（まどわく）にベルピエロといっしょに引っかかっていました。

「ああ、カエルムさん！　ありがとうございました!!　あなたが二人を連れてきてくれたおかげで、サンタクロースも元気をとりもどしました！　ほんとうになんとお礼を申し上げてよいやら……」

「ちょっと、ちょっと！　そんなことはいいから、はやくおろしてよ！　ファメース！　ゲルー！　飛べるんでしょ！　なにくつろいでるんだよ!!」

カエルムは、サンタクロースにくっついて離れない二人にいいました。

「ああ、ごめん、ごめん。しかしよく無事だったね」

笑いながらいうゲルーに、カエルムはいいました。

「ほんと、急に消えちゃうんだもん！　びっくりだよ！　ネルクマが出てきてくれなかったら、どうなっていたことやら！」

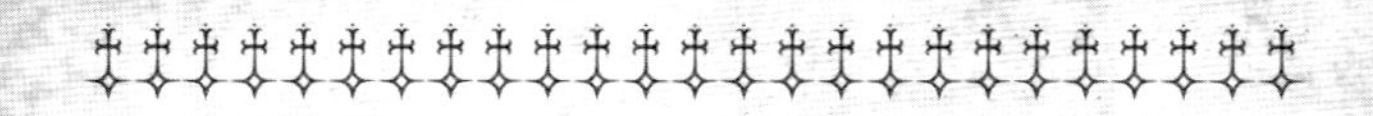

12
25
SUN

帰還(きかん)と別れ

時間は少しさかのぼって……。

天国のおとうさんとおかあさんに別れを告げたあと、ベルピエロの残した音をたどりながら、カエルムたちは扉へと急ぎました。ベルピエロのベルは迷うことなく、扉への道をしめしてくれました。無事に扉まで戻ったとき、カエルムは叫びました。

「ぼくの名は、カエルム！」

しかし、何度叫んでも扉がひらかないのです。たいへんなことに気がつきました。言葉がちがうのです！　戻るときの言葉なんて、教えてもらっていません。

「ねえ、きみたち天使でしょ？　この扉をあけることくらい、かんたんにできるんじゃないの？」

カエルムは二人にききました。

ゲルーはいいました。

「扉をあけられるのは神様くらいだよ。だれでもあけられるなら、天国の意味がないよ。いつだって会いたい人に会いに戻れるじゃない。だいたいきみがここに来られるのがおかしいんだよ。死んでもいないのに……あっそうか、だれかが死んで、ここを通るのを待てばいいんだよ！　きみと血のつながりがある人が亡くなれば、きみと同じこの扉を通るはず！」

「血のつながりって……」

カエルムは、ハッとしましたが、すぐにその考えを打ち消しました。

「だめ！　だめ、だめ!!　そんなのぜったいだめ!!」

信じたくない考えでしたが、あまりにもタイミングがよすぎて、消しても、消しても、その考えが浮かんできます。

「おばあちゃんは死なない……おばあちゃんは、ぼくを待ってるんだ……」

しかし、強すぎる想像は、ときとして現実になってしまうのでした。

天国の扉がひらき始めたのです。

だめ！　だめ！　と、どんなに思っても扉は悲しくひらきます。光の向こうに人影が見えました。

「だめだよ！　もうひらかなくていい！　帰れなくてもいい！　だから！」

だんだんと人影は大きくなり、やがてはっきりその姿を見ることができました。扉の向こうからやってきたのは、やっぱりおばあちゃんでした。

「あれ？　カエルム、こんなところでなにを？　あんたも死んじまったのかい？」

「おばあちゃん、来ちゃだめだよ！　はやく戻るのっ!!」

カエルムが叫ぶと同時に、扉がとじ始めました。

翼を羽ばたかせて、ゲルーがいいました。

「カエルム、急ぐんだ!!」

「チリーン!」

「やだー!!」

ファメースも、翼を羽ばたかせて、扉の向こうから叫びました。

「なにやってんの!　はやく来なさい!!」

「やだー!!」

「チリーン!チリーン!!」

「やだー!!　やだーーーー!!」

扉はもう、とじてしまいそうです。ベルピエロは、持っていたベルを放りだして、両手でカエルムの右手をつかみました。そしてそのまま、しまる扉へと飛びこみました。遠くのほうでチリーン、チリーン、チリーンと、悲しそうにベルの音がしました。

……チリーン……リーン……ーン……

扉から放りだされると、みんなは街の上空からまっさかさまに落ちていきました。このままじゃ地面にたたきつけられる！　と思った瞬間、地中からぬっと手がのびてきました。ふわっふわっのその手は、まぎれもなくネルクマの手でした。まるでトランポリンのように三人を受けとめましたが、ビヨーンとまた空へとはじかれてしまいました。そのいきおいで、お城の天窓の窓枠に引っかかったのでした。三人まとめて……。

そう、三人。

なんとカエルムは、おばあちゃんの手をつかんで離さなかったのです。

「おばあちゃん、いっしょに帰ってこられたんだ……！」

カエルムはおばあちゃんに抱きつきました。おばあちゃんは、なにがなにやらわかりません。ベルピエロは、ベルをうしなってとても寂しそうでした。カエルムはいたわるように声をかけました。

「ベル、なくなっちゃったね、ごめんね。でも……ありがとう」

カエルムの言葉を聞いて、ベルピエロはにっこりとほほえみました。

「あれ?! ベルピエロ! 笑えるようになったの? 表情が!!」

そのとき下から声が聞こえました。

「……おおい!! カエルムさん!! どこですか!」

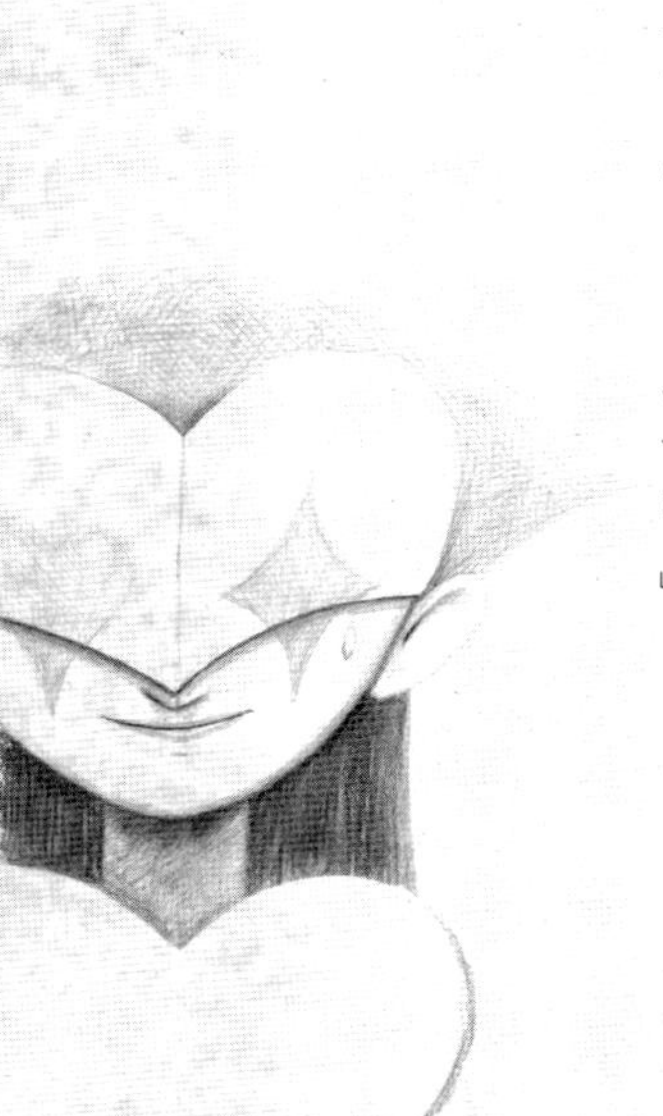

三人は、ファメースとゲルーにおろしてもらって、サンタクロースのお手伝いをしました。といっても、ほかのみんなのスピードといったら、目で追えないほどです。自分たちのペースでプレゼントを袋につめていると、サンタクロースがいいました。

「ぜんぶ配りおわったら、きみたちにもプレゼントをあげよう。ちょっと行ってくるから、しばらく待っててくれるかな?」

カエルムはいいました。

「もちろんです。のんびり待ってます。行きたいところもあるし……」

「この街からは出られんが、ゆっくりしていておくれ」

そういうと、動物たちを連れて、空へと飛びたちました。

「まあ、かっこいい紳士じゃのぉ」

どうやらおばあちゃんは、サンタクロースに恋をしてしまったようです。

「おばあちゃん、そんなことよりいっしょに行ってほしいところがあるの」

カエルムはそういって、ミルクウサギとチャネズミのところへおばあちゃんを連れていきました。

扉はおばあちゃんには小さく見えましたが、カエルムが体を無理やりうしろから押すと、すぽんと中に入りました。カエルムも入ろうとしましたが、どうやら定員オーバーのようです。しかたなく外で待っていると、中からこんな声が聞こえてきました。

「やったぜ!! これで999999999勝999999999敗のイーブンだ!! やっぱり大人はコーヒーだ!!」

そして小さな扉から、ぽんっとおばあちゃんが出てきました。おばあちゃんは見ちがえるように元気になっていて、お肌も若返ったみたいにスベスベです。

「おばあちゃんならコーヒーを選ぶと思ったよ」

カエルムはうれしそうにいいました。

「体がシャキーンとすっきりして、とってもいい気分だよ」

おばあちゃんもうれしそうです。

「さてと……」

カエルムは、恋する公園へ向かいました。

「メロオオカミさん！　カエルムです！」

ジャラーン

「な～ん～だ～い～」

メロオオカミは、情緒たっぷりに登場しました。

「もうすぐ、ぼくたち帰ります。それで……」

「わか～ってい～るさ～、ララ～」

メロオオカミはそういうと、やさしい曲を演奏しはじめました。

ジャラーン

カエルムはベルピエロの目を見て、真剣にいいました。

「ベルピエロ、いっしょにいてくれてありがとう。でも……ぼく、帰らなくちゃ。きみを連れてはいけないよ。住んでる世界がちがうんだ……」

ジャラーン

「ベルピエロ、いつかまた、もしかしたらぼくが死ぬときになるかもしれないけど、またここに来ることができたら、きみに会いにくるよ。……大人になって」

ジャラーン

「……きっと、きっと、会いにくるから」

ベルピエロは、やさしい笑顔でカエルムを見つめています。

ジャラーン

「…………」

見つめあった二人の間には、会話もベルの音もありませんでしたが、心がすべてを伝えてくれているようでした。

ジャラーン

「ベルピエロ、さようなら」

ベルピエロは手をさし出しました。カエルムは大切そうにその手をにぎりました。その切ない握手(あくしゅ)に、ベルピエロは、やっぱりとてもやさしい笑顔でこたえました。

カエルムはこのときだけは、「さようなら」といえないベルピエロをうらやましく感じました。いえないつらさを知るには、まだカエルムは子どもすぎました。

「じゃあ、メロオオカミさん、ベルピエロのこと、よろしくお願いします!」

ジャラーン

「うぉうぉうぉうぉ〜」

メロオオカミは、もらい泣きしているようでした。

おばあちゃんと二人でお城に戻ると、みんなが帰ってきたところでした。

「もう帰ってきたの？」

カエルムがきくと、サンタクロースはこたえました。

「ハッハッハ、年寄りに見えてもサンタクロースじゃからな。この日だけは光よりもはやいスピードが出せるんじゃよ」

「すごいんだねえ、サンタクロースって。あれ？　ファメースとゲルーは？」

いつの間にか、二人の姿がありません。

「二人は、神様が連れてかえってしまったよ。ちょっとくらい許してやればいいのにのぉ。規則だなんだといってな……」

サンタクロースはちょっぴりすねているようでした。

「ええ?!　ちゃんとお別れのあいさつをしたかったのに」

「ま、死んだら会えるじゃろ。それまでしっかり生きるように！」

サンタクロースにいわれると、とてもしっかり生きなくては、という気がしました。

「さて、約束のプレゼントじゃが、なにがいいかの？　おまえには、特別にいいものをやらんとな」

カエルムは、とてもいいにくそうにいいました。

「あの、ひとつ質問が……」

「なんじゃ？」

「おばあちゃんは……死んでしまったんでしょうか？」

「うーん、まあ、死んだんじゃろうなあ、天国の門へ来たってことは」

「でも、まだ天国の門を通ったわけじゃないし……」

「うーん、いいたいことはわかるが、さっきもいったとおり、神様は規則にうるさいからのぉ」

「でも、でもですよ、ぼくも天国の門を通ったわけだし、なんなら天国へ行ったし……」

「それはこちらの都合、いわば特例みたいなもんじゃから、同じように考えるわけには……」

「でも、でも、さっきは特別にいいものをやるって……なら、なら！　おばあちゃんの命を！」

「うーん、それはやってはいかん規則になっててだな……」

「じゃあ、なにもいらない！　ぼくも天国へ行く!!」

それからサンタクロースがなにをいっても、カエルムは頑として聞きません。

これではきりがありません。

サンタクロースはいいました。

「わしはちょっと疲れてしまったから、休んでいるあいだにほしいものを考えておくれ。この街の魔法の道具も、特別に持ってかえってよい。だから自由に選びなさい。選んだら、ほしいものを書いた紙をくつ下の中に入れておくんじゃぞ。わしはな、子どもが寝ているあいだに、枕もとのくつ下にプレゼントを入れるんじゃ。だから、おまえも眠りなさい。寝ているあいだに、元の世界に戻れるようにしておこう。くつ下は持っているか？」

カエルムは、燃やそうと思っていたボロボロのくつ下を見せました。でもおばあちゃんを連れてかえることができないなら、なにをもらっても意味がありません。

「おお、これはまた、ぶあつくて大切に使いこんだ、いいくつ下じゃ。これはあったかいじゃろうな。さあ、ベッドを用意したから、ゆっくりお休み……」

そういってサンタクロースは、カエルムとおばあちゃんを、ベッドのある部屋へ案内してくれました。部屋はひんやりと冷えきっていました。

おばあちゃんはいいました。

「こりゃ、えらく冷えた部屋だね。こんな部屋じゃこごえてしまう。ほれ、カエルム、別々のベッドじゃ寒いから、いっしょに寝よう」

カエルムは、寒いというより、寂しくてたまりません。もうおばあちゃんといっしょに寝れないと思うと、いまにも泣いてしまいそうでした。

「おばあちゃん、寒いでしょ。このくつ下、はいていいよ。ぼく、プレゼントなんていらないんだ。おばあちゃんといっしょがいい……」

カエルムは、くつ下をおばあちゃんにはかせていいました。

おばあちゃんは、あったかいねえ、やさしいねえといって、カエルムを抱きよせました。カエルムはおばあちゃんに抱きしめられると、急に眠たくなりました。

「おばあ……ちゃん……」

そしてそのまま深い眠りに落ちました。

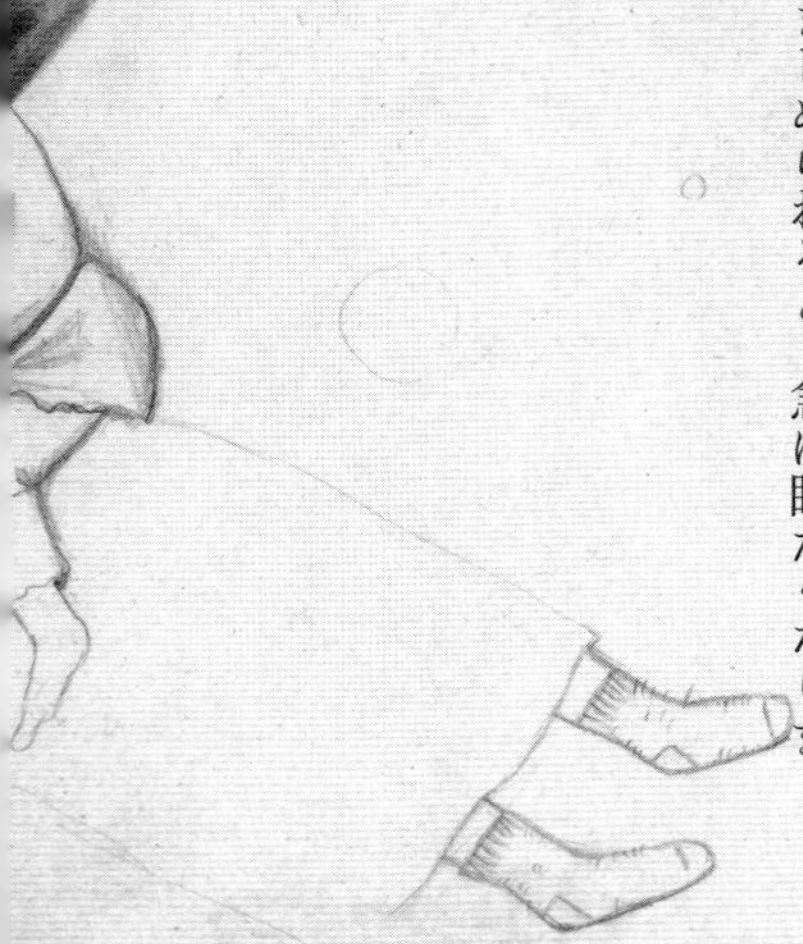

12
25
SUN

エピローグ

目が覚めると、自分の家のぼろぼろのベッドの上でした。

けさは特別、冷えきっていました。となりのベッドはからっぽで、おばあちゃんの姿はどこにもありません。

「くしゅんっ!!」

「……ぁちゃん……ぉばあちゃん………おばあちゃーん」

そこからは、涙がとめどなくあふれてきました。おばあちゃーん！と泣きさけぶ声が、冬の朝にこだましました。

そのとき、泣き声をかき消すような声が響きました。

「もう！　朝っぱらからうるさいね!!」

ヨビガラスの声ではありません。ふきげんそうに外に立っていたのは、おばあちゃんです。

「なんだい！　男の子が！　なさけないねえ!!」

おばあちゃんはうそのように元気です。

「あれ？　おばあちゃん？　病気は??」

「病気なんてどこかに逃げていったみたいだよ！　それどころか、若がえったみたいに元気さ！　こりゃ、あと五十年は生きられるね！」

おばあちゃんは、はやく起きるんだよ！といって、おのをかついで出かけてしまいました。

「ああ、おばあちゃん!!　待ってよー!!　ぼくも行くよー!!」

急いでベッドをおりて、くつをはこうとしたとき、くつ下をはいていないことに気がつきました。おばあちゃんの足をよく見ると、カエルムのくつ下をはいたままです。

「ははは、夢じゃなかったんだ!!」

カエルムは、あの大冒険（だいぼうけん）を思いだして、とってもたくさんのプレゼントをもらったことに気づきました。こんなに寒いというのに、心はポカポカ、まるで太陽のようでした。

きゅ、きゅ、と雪をふむ音にまじって二人の声がします。

きゅ、きゅ

おばあちゃん、とってもいい言葉を教えてあげるよ！

きゅ、きゅ

なんだい？ うれしそうに。

きゅ、きゅ

空に向かっていっしょにいうんだよ。

きゅ、きゅ

空にいうなんて、へんな子だね。

きゅ、きゅ

いいから、……っていうんだよ。

きゅ、きゅ

なんだい、それ？

きゅ、きゅ

魔法の言葉だよ。

きゅ、きゅ

なんだか陽気(ようき)な言葉だね。

きゅ、きゅ

そう、人を笑顔にする言葉なんだ。

きゅ、きゅ

笑顔はいいねえ。

きゅ、きゅ

じゃあ、いうよ……

「メリークリスマス!!」

あとがき

ぼくは九人兄弟の四番目である。兄、姉、弟、妹、ぜんぶそろっている人は、なかなかいないんじゃないかと思う。九人兄弟というと、いまどきめずらしいねえとか、野球チームできるやんとか、親がたいへんやったやろねとか、昭和初期か？とかいわれる。毎回きかれるので、多少面倒くさいが、わりとまじめな性格なので、いちおうちゃんとこたえる。でも少し前までは、九人兄弟ではなく、八人兄弟だとこたえていた。なぜなら、もうひとつの決まった質問、いちばん下は何歳なん？ときかれるからだ。ぼくはいつもこたえに困る。いちばん下の妹は、永遠に○歳だからだ。

中学生のとき、家族が増えるときかされた。正直、また兄弟増えるんかと、少々煩わしさも感じていたと思う。なにしろ多感な思春期真っ盛りである。九人目の兄弟ができたと友達が知って、何をいってくるか、想像するだけで血の気が引いた。からかわれるに決まっている。でも日に日に大きくなる母のお腹を見ながら、どんな子が生まれるのかなと想像するのは楽しかった。態度には出さなかったし、母のお腹に触るようなこともしなかったけど。男の子で思春期だったのだ。

そんな複雑な気持ちで妹の誕生を待っていたのだが、思わぬことが起こる。早産になってしまったのである。当時のぼくはたぶん、子どもは当たり前のように生まれてくると思っていて、四十歳を超えていた母が、高齢出産であることも知らなかった。妹は「いずみ」と命名された。

いずみは未熟児動脈管開存症だった。すぐに手術をして、ＮＩＣＵの保育器の中で、たくさんのチューブにつながれて懸命に生きようとしていた。面会の人数は限られていて、ぼくは中に入ることができなかった。父と母はいつも薄緑のエプロンとフードをかぶって、ＮＩＣＵに入っていった。ぼくは、小さな小さな命をガラス越しに見ることしかできなくて、病院に行くたびに、苦しくてたまらなかった。もしかしたら自分が、兄弟また増えるんかとか、煩わしいとか思っていたから、そのとおりになったんじゃないかとさえ思った。想像力は恐ろしいのだ。

いずみは二ヶ月の間、生きた。最後は人工呼吸器のスイッチを両親が止める決断をした。先生から、どれだけ延命しても、もうそんなに長くないといわれたからだ。母は、もうじゅうぶん苦しんだやんね、えらかったねえ、よくがんばったねえといって、少しずつ冷たくなる妹を抱いていた。先生に今後の医療のために解剖させてほしいといわれたが、それは断わった。母はそれから毎日、いずみのビデオを見ては、テレビの前で泣いていた。きっといずみの何倍も苦しかったにちがいない。

ぼくは、お通夜のときに初めていずみを抱いた。軽くて軽くて言葉も出なかった。ただ、心の中でごめんねといいつづけていた。壊さないように、そっと小さな棺に妹を戻して、ぼくは少し離れたソファーで横になった。とても悲しいのに、なぜか涙は出なかった。不思議なことに、それからしばらくの記憶がない。

カエルムに出てくるサンタクロースは、ぼくの分身だと思う。助けられなかった命はもう戻ってくることはないけど、いま、だれかを幸せにすることはできるかもしれない。この本を読んだ人が、だれかのことを想い、ひとりでも多くの人が幸せになってくれることを願います。そしてその姿を見て、天国にいる大切な人たちが喜んでくれていることを、想像したいと思います。想像力は楽しいのだ。

やさしさが世界を包みますように。

二〇一六年　クリスマスの少し前に

たなか　しん

たなかしん

一九七九年大阪生まれ。画家、絵本作家。

絵の下地にアトリエのある明石の海の砂を使い、独特のマチエールを生みだす。海砂は波打ち際の細かい部分を使う。そこには、山から運ばれた岩や砂など大地の恵み、海から運ばれた貝殻や珊瑚などの海の恵みが混ざりあう。採取した海砂の塩を洗いながし、天日に干すことにより、太陽のエネルギーさえもキャンバスに閉じこめる。二〇〇四年から毎年各地で精力的に個展を開催。海外の展覧会にも参加。二〇一五、二〇一六年とつづけて「Sharjah Exhibition for Children's Book Illustrations」(UAE)に入賞するなど、受賞歴も多数。

画家として活動するかたわら、二〇〇二年頃から絵本を描きはじめ、文、絵、編集、製本もすべて自らが行う手作り絵本を三〇作品以上発表している。二〇〇五年イタリア・ボローニャブックフェアをきっかけに台湾の出版社Grimm Pressから『巧克力熊』を出版。台湾では他に『月とカラス』、ハート型の絵本『いつもきみと』が日本語と中国語の二ヶ国語で出版されている。日本では『かみさまのいたずら』、『モグちゃんのねがいごと』(以上田中書店)や、特装本『げんきのないピエロ』、『たなかしん作品集PORTRAIT』、『STORYS』、『ガマ王子VSザリガニ魔人Paco～パコと魔法の絵本～』(文/後藤ひろひと)、『げんきのないピエロのたからもの』(以上求龍堂)、『クークーグーグー』(あかね書房)などがある。本書は初めての長編作品。

ほかに積水ハウスのサステナブルブック「クララのもり」「ぐるるるる」の作・画を担当。岡山県倉敷市のゆるキャラ「Gパンだ」のデザインなども手がけている。舞台美術、広告、服飾デザイン、キャラクター制作、ワークショップなど、幅広く活動中。

カエルム　魔法(まほう)の鍵(かぎ)と光(ひかり)の冒険(ぼうけん)

発行日　二〇一六年十二月十一日
著者　たなか しん
発行者　足立欣也
発行所　株式会社求龍堂
〒一〇二-〇〇九四
東京都千代田区紀尾井町三-二三　文藝春秋新館一階
電話　〇三-三二三九-三三八一（営業）
　　　〇三-三二三九-三三八二（編集）
http://www.kyuryudo.co.jp

印刷・製本　株式会社東京印書館
デザイン　たなか しん
編集　深谷路子（求龍堂）

ISBN978-4-7630-1638-6 C0093